Titolo

Schiava per una Settimana
Serie Completa

Di

Erika Sanders

Serie

Dominazione e Sottomissione
Erotiche

Sinossi

Erika accetta di essere la schiava di Sandra per una settimana...

Schiava per una Settimana è un romanzo dal forte contenuto erotico BDSM e, a sua volta, un nuovo romanzo appartenente alla collana **Dominazione e Sottomissione Erotiche**, una serie di romanzi ad alto contenuto romantico ed erotico BDSM.

(Tutti i personaggi hanno almeno 18 anni)

Erika Sanders è una scrittrice di fama internazionale, tradotta in più di venti lingue, che firma i suoi scritti più erotici, lontani dalla sua prosa abituale, con il suo cognome da nubile.

Indice

SCHIAVA PER UNA SETTIMANA
SERIE COMPLETA
DI
ERIKA SANDERS

PRIMA PARTE

"Tu capisci," mi disse Sandra, "che una volta che entri in casa mia, quello che dico vale. Obbedienza completa e totale."

"Ehm, sì," dissi con un po' di apprensione.

"No um, sì," disse con fermezza, "Sì, padrona."

"Sì, padrona," dissi con un po' più di convinzione.

"Molto meglio." Aprì la porta e la tenne da parte per farmi entrare. La oltrepassai, trascinando la valigia contenente le cose che avevo portato con me e mi fermai nel corridoio. Sandra ha chiuso la porta e mi è passata davanti. Ho esaminato il suo passo sicuro. Era alta, quasi 6 piedi di altezza. Sono solo 5'2 "e mi sono sentito sminuito da lei. Aveva una forma adorabile culo , bei fianchi sinuosi e grandi seni a forma di C. Sono stato colpito.

Ci eravamo incontrati in un pub e dopo aver parlato tutta la notte, mi aveva chiesto se ero di mentalità aperta. Avevo detto di sì e poi mi aveva chiesto se mi consideravo più dominante o sottomessa.

Ci avrei dovuto pensare. So cosa voglio, ma sono anche felice quando qualcuno è disposto a farsi carico e dirmi cosa fare. Le ho detto che ero sottomesso.

Ero rimasto scioccato quando mi aveva chiesto se mi sarebbe piaciuto essere il suo schiavo.

"Cosa intendi?" le avevo chiesto.

"Voglio dire che vieni a casa mia e stai con me e fai tutto quello che ti chiedo.

"Sessualmente?"

"Qualunque cosa." Ho dovuto pensare. Avevamo chiacchierato di altre cose, ballato, bevuto e, verso la fine della serata, ci siamo baciati. Fu un bacio meraviglioso, potente e pieno di lussuria. Le ho messo la mano sul seno e lei l'ha tolto e mi ha guardato negli occhi.

"Questo è per il mio schiavo", disse.

"Allora voglio essere il tuo schiavo."

E ora eccoci qui, una settimana dopo. Avevamo concordato una settimana di prova.

"Non ti sei ancora guadagnato il diritto di indossare i vestiti Erika, toglieli tutti." Esitai e lei si avvicinò a me. "Non farmi arrabbiare all'inizio, Erika, o la punizione verrà eseguita. Toglili."

"Sì, padrona," dissi. Mi tolsi le scarpe e poi mi tolsi anche i calzini. Slacciai i jeans e li feci scivolare giù per le gambe mentre Sandra mi guardava. Poi mi sono infilata la maglietta sopra la testa in modo da restare lì in mutande. Le mie mutandine sono andate dopo e infine il mio reggiseno. Ho piegato ordinatamente ogni capo di abbigliamento e l'ho messo sulla mia borsa.

Sandra stava osservando il mio corpo nudo. Mi sentivo come un pezzo di carne in piedi lì. Guardò i miei piccoli seni e poi allungò un dito e lo fece scorrere sul mio capezzolo eretto.

"Hai dei seni così dolci, Erika," mi disse.

"Grazie Padrona ."

"Tira i tuoi capezzoli per me, tirali forte
così posso vedere fino a che punto puoi
portarli e fino a che punto sporgono
dopo."

Abbassai lo sguardo sui miei capezzoli e
ne presi uno per mano. Li tirai forte, fino
a farmi male, i miei piccoli seni si
distesero in coni che uscivano dal mio
corpo. Quando ho lasciato andare, i
capezzoli erano eretti con orgoglio ed
eccitazione.

"Ben fatto Erika."

"Grazie Padrona ." I suoi occhi
continuavano a controllarmi. Lei ha

guardato la mia figa, con i suoi capelli ben tagliati e ha detto: "Non va bene. Vado a guardare un po' di TV Erika e mentre lo faccio, questo è quello che farai per me. Andrai nel mio bagno e prenderai un paio di pinzette dal primo cassetto della toeletta, poi prenderai un asciugamano e verrai in soggiorno, mentre io guardo la TV, metterai l'asciugamano sul tavolino e poi ti siederai sopra e strappati il pube finché non ne rimane più uno".

"Sì, padrona," risposi. "Devo prima mettere via le mie cose, padrona?"

"Voltati", fu la sua risposta. Mi sono allontanato da lei e prima che potessi continuare a voltarmi per affrontarla, ho sentito uno schiaffo pungente sul culo .

"Non ti ho chiesto di pensare o offrire suggerimenti Erika."

"Mi dispiace signora." Mi diressi verso il bagno mentre Sandra si allontanava da me. Questo è stato più intenso di quanto mi aspettassi, mi sono reso conto e mi chiedevo quanto tempo ci sarebbe voluto prima che crollassi e rinunciassi. Trovai le pinzette e tornai in soggiorno dove Sandra era seduta davanti alla TV. Posai l'asciugamano sul tavolino da caffè in modo da poter vedere la TV e poi allargai le gambe per ispezionarmi.

"No, non sei di fronte alla TV Erika, stai di fronte a me in modo che io possa vederti strappare ogni piccolo pelo dalla tua figa." Ho sospirato dentro di me e mi sono ruotato in modo che la mia figa fosse esposta a Sandra e ho iniziato il lungo e arduo processo di rimozione dei peli da essa, uno alla volta.

Ci stavo lavorando da circa mezz'ora quando ho iniziato a sentire il bisogno di fare pipì. All'inizio non dissi niente e quando Sandra uscì dalla stanza per andare a fare qualcosa, andai in bagno senza pensarci. Sono tornato e ho visto Sandra in piedi che mi aspettava.

"Dove diavolo sei stato?" Lei mi ha chiesto.

"In bagno padrona, avevo bisogno di fare pipì," dissi, sorpreso.

"Non mi sembra di ricordare di averti dato il permesso di farlo, vero?" lei chiese.

"No Padrona, mi dispiace molto Padrona," risposi.

"Scusa non basta schiavo. Mettiti lì sul tavolino da caffè su mani e ginocchia." Feci come mi era stato detto, inginocchiandomi come un cane sul tavolo. "Apri le gambe di più", ha detto. Allargai le ginocchia finché non furono ai bordi del tavolo. Potevo sentire l'aria fresca della stanza sul mio ano e sulla mia figa esposti.

Zas! Ho sentito lo schiaffo pungente della mano di Sandra sulla mia guancia . Zas! E anche dall'altra.

"Sai a cosa serve?" mi è stato chiesto.

"Per non aver chiesto il permesso Padrona," risposi docilmente

"Esatto. E quando verrai punito, ringrazierai la tua Padrona perché ti sta aiutando a essere un vero schiavo. Hai capito?"

"Sì, padrona," risposi. Zas! La sua mano
schiaffeggiò le labbra della mia figa e io
mi morsi il labbro piuttosto che gridare.
L'istinto mi diceva che avrebbe portato
solo a più problemi.

"Grazie padrona ," dissi. Mi schiaffeggiò
di nuovo la figa, e poi altre tre volte e poi
ancora il culo . Ogni volta la ringraziavo
per averlo schiaffeggiato.

"Ok, ora continua, non mi piacciono i
capelli sulla mia proprietà", mi ha detto.
Mi sono seduto sull'asciugamano, il
sedere rosso per le sculacciate. Ho
guardato le labbra della mia figa. Erano
rossi per essere stati colpiti. Ma sono
stato anche sorpreso di notare che c'era
una minuscola goccia di umidità tra le
mie labbra. C'era qualcosa nel modo in
cui venivo trattato che stava iniziando
ad eccitarmi.

Alla fine sono riuscito a strappare gli ultimi capelli dalla mia figa. Mi è stato ordinato di sdraiarmi, allargare le gambe e tirare le ginocchia verso di me in modo da essere completamente esposto. Sandra si avvicinò e si inginocchiò tra loro. Ha ispezionato la mia figa da vicino, ma non l'ha toccata. Ero così eccitato! Averla così vicina, abbastanza vicina che se si fosse leccata le labbra probabilmente mi avrebbe toccato la figa, ma non toccarla lo stesso mi stava facendo impazzire. Volevo che mi leccasse. Disperatamente. Non pensavo di poterlo chiedere.

Dopo un paio di minuti, Sandra mi leccò con una bella leccata lunga dalla base della mia fessura verso l'alto. Ma era così. Potevo sentire i miei succhi pronti a trasudare dalla mia figa e quando mi è stato permesso di sedermi, mi sono toccato, il mio dito si è allentato leggermente tra le mie labbra.

"Vedo che non capisci davvero questa
Erika", mi ha detto Sandra quando mi ha
visto fare questo. "Non fai NIENTE,
senza il mio permesso. Non vai in bagno
e non ti masturbi. Vieni qui, penso di
dover rafforzare la lezione."

Pensavo che stavo per essere sculacciato
di nuovo. E nonostante il fatto che mi
avesse fatto un po' male, mi sono
ritrovato ad aspettarlo con ansia. Ma
Sandra mi ha portato a una sedia di
legno. Aveva uno schienale in legno a
doghe e un sedile in legno massiccio.
C'era una piccola depressione a forma di
culo modellata nel sedile e mi sono
seduto lì come mi era stato ordinato.

"Dammi le mani," disse Sandra da dietro
di me. Li ho messi dietro di me e sono
stati afferrati e rapidamente legati alla
sedia. Poi Sandra è venuta davanti a me
e ha legato anche le mie caviglie alla
sedia. Poi ha spinto la sedia (con me
sopra ovviamente) dove sarei stato

seduto a guardarla. Poi Sandra andò in cucina e tornò con un bicchiere d'acqua abbondante.

"Bevi questa Erika", mi disse. Mi ha portato il bicchiere alle labbra e ne ho bevuto circa metà senza respirare. Poi lo sollevò e me lo versò in bocca. Non me l'aspettavo e c'era più di quello che potevo sopportare. Mi è traboccato dalle labbra e mi è sceso lungo il collo e il seno e sul sedile. Ero seduto in una pozzanghera molto bassa. Potevo sentire l'acqua fredda sul mio ano e sulle labbra della mia figa. C'era poco che potessi fare per spostarlo però.

Sandra mi ha lasciato solo e io sono stato abbandonato a sedermi e guardarla guardare la TV. Ogni volta che andava in onda una pubblicità, lei riempiva il bicchiere e mi faceva bere. Questo è andato avanti per due ore.

Ancora una volta ho sentito il bisogno di fare pipì. Stavo diventando disperato. Avevo perso il conto di quanta acqua avevo bevuto, ma la mia vescica era pronta ad esplodere! Mi sono dimenato sul sedile, ma nessuna posizione mi ha aiutato.

"Hai bisogno di fare pipì schiavo?" Sandra mi ha chiesto quando mi ha visto fare questo.

"Sì, padrona," risposi, sollevata dal fatto che stavo per andare in bagno.

"Allora hai il mio permesso di fare pipì", rispose lei.

"Ehm, puoi slegarmi in modo che io possa fare pipì Padrona?" Ho chiesto.

"Non hai bisogno di essere uno schiavo slegato, basta fare pipì", ha detto Sandra.

"Qui?" chiesi, confuso.

Sandra si fece avanti e prese il mio capezzolo sinistro tra il pollice e l'indice. Lo tirò forte. "Fai attenzione. Fai pipì," disse, dandogli un altro tiro. Ho provato a rilassarmi. Non è stato facile. Sandra era proprio di fronte a me. Non ero abituato ad avere qualcuno che mi guardava fare questo. Nemmeno io ero abituato a essere legato.

Potevo sentirlo arrivare, quella corsa iniziale, il flusso verso le mie labbra dalla mia vescica.

"Non farmi perdere tempo, schiavo, pipì," mi ha detto Sandra. E poi l'ho sentito. La mia pipì è esplosa tra le mie labbra come un'inondazione che rompe un argine. Schizzò sulla sedia e poi oltre il bordo, mescolandosi con l'acqua che si era accumulata intorno a me.

Sandra si è inginocchiata davanti a me e mentre guardavo con stupore, si è sporta in avanti in modo che il flusso della mia pipì le schizzasse su tutta la camicetta.

" Oh brava ragazza," mi ha detto e mi sono sentito felice di ricevere i complimenti. Ho guardato la mia pipì inzupparsi nella camicetta di Sandra finché non è rimasto più niente da fare pipì. Si allungò in avanti e fece scorrere il dito nella pipì che si era accumulata intorno al mio sedere e alla mia figa, poi la sollevò sul mio capezzolo, asciugandola. È stato un tocco umido ed elettrico che ha trasmesso un brivido attraverso il mio corpo. Poi si è alzata e mi ha lasciato lì. Non sapevo cosa fare. Sono stato lasciato solo seduto in una pozza poco profonda del mio stesso piscio.

Sandra è tornata. Portava di nuovo il bicchiere d'acqua. Me l'ha fatto bere. Poi mi ha afferrato per i capelli e mi ha tirato il viso davanti al seno.

"Succhiami la schiava tetta", mi disse. Mi ha spinto il seno in faccia e io ho aperto la bocca e ho succhiato il suo seno, vestito com'era nella sua camicetta che era inzuppata della mia pipì.

"Sai, cominci a piacermi schiavo. Se sei molto bravo potrei anche permetterti di farmi venire più tardi." Si tolse la camicetta e poi il reggiseno. Ho quasi letteralmente sbavato quando ho visto i suoi seni. Erano fantastici. Ha lasciato cadere i suoi vestiti nella pozzanghera di piscio e acqua e poi si è seduta a guardare la TV, lasciandomi ancora seduto in una pozzanghera che si raffreddava rapidamente che potevo sentire sulle mie labbra nude e sul mio piccolo ano arricciato.

Devo essermi seduto lì per un'altra mezz'ora, chiedendomi se sarei stato qui tutta la notte.

"È ora che vada a letto," mi annunciò Sandra, in piedi davanti a me con i suoi seni meravigliosamente grandi scoperti, stuzzicandomi. "Ora ti slego Erika e voglio che tu segua le mie istruzioni. Mi preparo per andare a letto. Mentre lo faccio, pulirai questo casino. Poi verrai nella mia stanza e mi leccherai Vengo. Capisci?"

"Sì, padrona," risposi. Sandra si mosse dietro di me e mi slegò. Mi strofinai i polsi mentre Sandra si allontanava e poi mi misi a ripulire il pavimento, la sedia e la camicetta di Sandra. Ho sentito la doccia e ho pensato brevemente che sarebbe stata una grande opportunità per darmi piacere , ma sono stato cauto. Conoscendo la mia fortuna, sarei stato catturato e punito di nuovo. E chissà cosa avrebbe inventato Sandra dopo.

Mi sono trasferito in camera da letto in tempo per vederla uscire dal bagno, nuda. Era così sexy. Sandra si sdraiò sul letto e allargò le gambe. "Mangiami schiavo", mi disse.

Mi sono arrampicato tra le sue gambe, guardando la sua figa vellutata e senza peli. Le sue labbra erano già gonfie, ovviamente pronte per un po' d'amore, il suo clitoride eretto e sbirciando tra le sue labbra. Ho usato le mie dita per separare le sue labbra e poi ho fatto scorrere la mia lingua attraverso la sua fessura, spingendo dentro e poi su e sopra la sua clitoride.

"Oh sì," mormorò prima di incoraggiarmi e chiedermi di continuare.

La mia lingua ha lavorato ancora e
ancora e sopra la sua figa, dentro e fuori
e avanti e indietro. Potevo sentire i miei
stessi succhi trasudare dalle mie labbra
ero così eccitato. Volevo un po' di
attenzioni così tanto, ma mi sono
concentrato a far piacere alla mia
padrona. Aveva un sapore meraviglioso.

Ho sentito il suo respiro accorciarsi,
ansimare e ansimare e poi la mia testa è
stata bloccata tra le sue cosce mentre
veniva, spruzzandomi un fiotto di
liquido in faccia! Ho leccato e bevuto e
Sandra ha gridato, convulsa dal piacere.

"Brava ragazza Erika", ha detto quando
si è fermata e sono rimasto sorpreso da
quanto fossi felice di ricevere tali elogi.
Sandra guardò la macchia umida che si
allargava sul suo lenzuolo e sorrise.

"Penso che avrò bisogno di uno schiavo
lenzuolo pulito." Mi ha detto dove

trovarlo e sono andato a prenderne uno per lei. Dopo averlo messo sul letto (Sandra mi ha guardato per tutto il tempo) le ho chiesto cosa avrebbe voluto che facessi con quello bagnato.

" Oh, dormi su quel tesoro. Ai piedi del mio letto", mi hanno detto. Sandra mi fece sdraiare ai piedi del suo letto e mi legò una caviglia al palo del letto in modo che non potessi allontanarmi molto da lei. Mi ha detto di allargare le gambe in modo da poter dare un'altra occhiata alla mia figa. Fece scorrere un dito nella mia fessura e la mia schiena si inarcò, cercando di mantenere il contatto il più a lungo possibile. Il suo dito è stato infilato dentro di me e ho gridato e il piacere che finalmente ho provato dopo una giornata di privazioni. È stato ritirato e ho visto Sandra succhiarlo per pulirlo.

"Buonanotte schiavo". Saltò sul letto. "E nel caso ti stia chiedendo, se hai bisogno di fare pipì, lo fai lì a meno che non ti sleghi domattina." E con questo non ho sentito altro da lei.

Mi ci è voluto un po' di tempo per andare a dormire, ma alla fine ci sono riuscito.

Quando mi sono svegliato, è stato per trovare Sandra in piedi sopra di me, nuda. Era la vista più bella sulle sue lunghe gambe lunghe , oltre la sua fessura calva, fino alla curva della parte inferiore dei suoi seni, la sua testa piegata in avanti in modo che guardassi in faccia. Mi stiracchiai e scoprii che ero già stato slegato.

"Questi sono per te," mi disse e mi lasciò cadere addosso un paio di mutandine di cotone blu, sorridendo.

" Oh, grazie Padrona," dissi, sinceramente compiaciuta. Mi guardò mentre li indossavo e poi mi fece stare davanti a lei.

"Padrona, posso per favore usare il bagno?" le chiesi un po' nervosamente.

"No. Inginocchiati," mi disse. Mi sono inginocchiato davanti a lei. "Quando sei pronto per andare, piscia le mutandine, schiavo. Voglio vederti bagnarle." Si è seduta a gambe incrociate davanti a me e ha aspettato. Non passò molto tempo prima che non riuscissi a trattenerlo essendomi appena svegliato. Ho sentito quel formicolio e quella fretta e poi le mutandine si stavano bagnando, la mia pipì inzuppava il tessuto e poi mi scorreva lungo la gamba. Li ho separati leggermente ed è caduto sul lenzuolo su cui avevo dormito.

"Mi piace guardarti fare pipì, schiavo," disse Sandra. "Ora puoi guardarmi." Si fermò davanti a me e si appoggiò leggermente all'indietro, aprendosi le labbra con le dita. Mi ero appena accorto di quello che stava facendo quando un forte getto di piscio caldo sgorgò da lei come una molla, colpendomi sul petto, scorrendomi sui capezzoli e sulla pancia e giù fino alla figa. Ho sentito la sua pipì calda sulle mie labbra pelate.

" Oh, stai diventando una schiava meravigliosa, non hai nemmeno battuto ciglio", mi ha detto Sandra sorridendo. Lei ha teso le mani e io ho messo le mie nelle sue. Mi sollevò in piedi e mi tirò contro di sé, il mio corpo bagnato dalla sua pipì premuta contro la sua. La mia faccia era appena sopra il livello dei suoi capezzoli e mi sentivo schiacciata contro le sue fantastiche tette. Volevo così succhiare il suo grande capezzolo.

"Vieni a fare la doccia con me Erika,"
disse Sandra. Andammo in bagno e
presto mi ritrovai nell'alcova con lei, in
particolare indossando ancora il paio di
mutandine. Sandra me l'ha fatta lavare a
fondo, prestando attenzione al suo ano e
insistendo perché infilassi il dito nel suo
buco stretto. Poi mi ha preso il sapone e
ha iniziato a lavarmi il corpo.

Non avevo mai desiderato il tocco di una
donna come quando ha iniziato a
passarmi le mani sui piccoli seni. Mi
picchiettava, pizzicava e stuzzicava i
miei capezzoli e io gemevo a ogni tocco.

Sandra ha mosso il getto d'acqua in
modo che mi mancasse e poi la sua mano
è scesa dentro le mutandine,
insaponandomi le natiche. Ho sentito il
suo dito che spingeva contro il mio ano e
io ho spinto indietro, sentendolo
scivolare un po' dentro.

"Questo deve ucciderti Erika, scommetto che tutto ciò che vuoi in questo momento è venire"

"Oh sì, padrona," riuscii con un tremito nella voce. L'ho vista prendere un rasoio e rigirarselo in mano. Ha iniziato a spalmare il sapone su tutto il manico e ho sentito le mutandine tirarmi giù per le gambe. Mi fece voltare verso il muro e mi fece mettere le mani davanti a me, allargando le gambe. Poi la punta del manico del rasoio veniva spinta nel mio ano. Ho gemuto ed è stato spinto più forte.

Sandra non si fermò finché tutta la mano non fu nel profondo del mio culo , solo l'estremità svasata dove normalmente sarebbe stato montato il rasoio le impedì di infilarlo ulteriormente. Lo girò dentro di me, la curva della maniglia che ruotava nel mio sedere. Era quasi abbastanza per portarmi all'orgasmo. Quasi, ma non del tutto.

Poi è stato ritirato, il mio sedere è stato lavato via e le mutandine sono state rimesse in posizione. Ancora una volta, la mia figa era stata abbandonata. Eravamo fuori dalla doccia e Sandra si asciugò. Non mi è stato dato un asciugamano.

Sandra poi mi ha condotto in camera da letto, dicendomi che aveva alcune cose di cui occuparsi. Mentre ero sdraiato sul suo letto e legato, mi ha detto che aveva una buona idea di quanto fossi eccitato e non si fidava che non raggiungessi l'orgasmo mentre lei era via. Quindi ero legato con spazio per muovermi, ma non abbastanza per raggiungere nessuno dei nodi o la mia figa. Il meglio che potevo fare era mettermi una mano sul capezzolo.

Poi ero solo.

Sono passate ore dopo che sono stato
svegliato dal suono di voci che
entravano nella camera da letto..

SECONDA PARTE

Il campanello suonò.

"Vai a vedere chi c'è alla porta Erika," sentii Sandra gridare. Andai alla porta, preoccupato. Dopotutto, in casa mi era permesso indossare solo un paio di mutandine, quindi chiunque fosse lì avrebbe visto i miei piccoli seni e i miei capezzoli eretti.

Titubante, ho sbirciato attraverso lo spioncino per vedere un uomo in piedi lì.

Era difficile dire che aspetto avesse realmente attraverso quella vista distorta, ma indossava un completo.

"Fantastico, ho pensato, sto per regalare a un venditore la più grande emozione del suo anno!" Aprii la porta e la

spalancai abbastanza da poter sbirciare
intorno.

"SÌ?" Ho chiesto.

"C'è Sandra?" mi chiese, spostando gli
occhi dal mio viso verso il collo e le
clavicole. Si leccò le labbra. Penso che
sapesse che non ero vestito
adeguatamente dietro la porta.

"Chi posso dire che sta chiamando?"

"Dano".

"Aspetta qui un momento per favore," gli
dissi e chiusi la porta. Sono andato alla
ricerca di Sandra e l'ho trovata che
usciva dal gabinetto.

"C'è un Dan qui per vederti Sandra," la
informai.

"Oh, che bello," esclamò. "Per favore, vai
e fallo entrare, poi portalo in salotto."

Tornai alla porta e l'aprii, abbastanza
larga questa volta da consentire a Dan di
entrare. Sentii i suoi occhi viaggiare su e
giù per il mio corpo e mi sentii reagire
alla sincera valutazione. Non è stato
detto nulla, ma Dan è entrato nell'atrio
in modo che potessi chiudere la porta.

"Seguimi per favore," gli dissi e mi
allontanai in direzione del salotto. Uno
sguardo sopra la mia spalla ha
assicurato che stava seguendo, e mi ha
anche detto che i suoi occhi erano in
quel momento, incollati al mio culo
vestito di mutandine.

Conduco Dan nel salotto dove Sandra
era seduta sul divano. Si alzò quando
Dan arrivò e si avvicinò per abbracciarlo.

"Ehi Dan, è così bello vederti!" lei disse.

" Anche Sandra. Ero in città per affari e
sono dovuto passare."

"Vuoi da bere?"

"Scotch?" chiese Dan.

"Certo. Erika, per favore porta uno
scotch a Dan. Con ghiaccio, sì?" disse,
confermando con Dan. Lui annuì e io mi
diressi verso l'armadietto dei liquori
dall'altra parte del tavolino da dove lui e
Sandra si erano seduti sul divano. "E
prendine uno anche per me", aggiunse.

Mi chinai, tenendo le ginocchia dritte mentre recuperavo la bottiglia dall'armadio, sicura di tenere la mia figa con le mutandine dritta verso Sandra come mi era stato detto quando recuperavo le cose dal basso. A Sandra piacevano le mie gambe e non era tipo da farmi sprecare un'opportunità per fargliele ammirare.

Ho passato da bere a Dan e poi ho dato a Sandra il suo prima che lei dicesse: "Grazie Erika, puoi sederti su quel cuscino". Indicò un cuscino nell'angolo del salotto e io andai a sedermi, a gambe incrociate, consapevole del fatto che Dan lasciava che il suo sguardo si posasse di tanto in tanto sui miei seni mentre parlavano.

Stavano chiacchierando da circa mezz'ora e avevo riempito i loro drink un paio di volte quando Sandra ha detto a Dan dopo che mi aveva dato un'altra occhiata, "Allora ti piace il mio nuovo giocattolo?"

"Molto, è estremamente carina, Sandra, ti sei comportata molto bene."

"Sì, anche lei ha imparato abbastanza in fretta", ha detto Sandra e ho sentito una calda luce per la lode.

"C'è qualcosa in quei piccoli seni che continua ad attirare la mia attenzione", ha detto Dan. "Non riesco proprio a capirlo, perché di solito mi piacciono di più le ragazze belle e prosperose come te, ma c'è qualcosa in lei..."

"So cosa intendi", ha risposto Sandra, "all'inizio ero lo stesso. Ora lo do per scontato. Dopotutto, risponde ancora a una buona tirata del capezzolo".

"Ti dispiace se ci provo?"

"Certo che no. Erika, vieni qui per
favore." Mi alzai e mi avvicinai a dove
sedevano loro due. "Inginocchiati qui."
Mi sono inginocchiato davanti a loro.
Dan allungò una mano e mi passò una
mano sul seno prima di prendere il mio
capezzolo sinistro tra il pollice e l'indice.
Tirò e si contorse e sentii un dolore
acuto attraversarmi il petto. gemetti,
incapace di trattenermi.

Sandra allungò la mano e tirò il mio
capezzolo destro allo stesso tempo e io
gemetti di nuovo.

"Sono adorabili capezzoli, vero?" disse a
Dan che era d'accordo con lei. I due
continuarono a giocare con i miei
capezzoli per un po' e poi, all'improvviso
(almeno mi sembrò) smisero e ripresero
la loro conversazione. Mi sono
semplicemente inginocchiato lì, non

avendo ricevuto istruzioni per fare nient'altro.

Poi mi è stato chiesto di andare a prendere altri drink e l'ho fatto. Dopo averli consegnati, ho esitato, incerto su dove avrei dovuto tornare, inginocchiandomi davanti a loro o all'angolo. Sandra deve averlo notato e mi ha ordinato di inginocchiarmi di nuovo davanti a loro.

"Ma togliti quelle mutandine, voglio che Dan veda la tua figa spennata..." aggiunse quando fui a metà strada sul pavimento. Mi alzai di nuovo e tirai le mutandine giù per le gambe, rivelando il mio tumulo liscio e calvo. Dan si sedette e mi ammirò, il suo sguardo fisso sulla mia figa.

"Beh, ha sicuramente una bella figa, hai detto che è spennata?" disse Dan,

aggiustandosi con una mano il cavallo
dei pantaloni.

"Sì, sai come non mi piacciono i capelli e
la barba incolta è una svolta, quindi l'ho
fatta sedere lì e si è strappata da sola, un
capello alla volta. È stato molto
divertente e penso che la sua figa stia
molto meglio per questo .

"Scommetto che è bello e stretto."

"Non lo so ancora, non le ho permesso di
fare niente alla sua figa e nemmeno da
quando è arrivata qui. Deve guadagnarsi
il diritto di essere fottuta come si deve in
questa casa. "La rende adorabile e
bagnata però ", ha aggiunto Sandra,
raccogliendo le mie mutandine scartate
e mostrando a Dan la scia bagnata sul
cavallo.

Il loro parlare di me come se non ci fossi
stava cominciando ad eccitarmi. L'intero
essere trattato come un oggetto mi
aveva inizialmente demoralizzato, ma
ora mi diceva: "Questo è il tuo ruolo e tu
sei apprezzato. Divertiti e divertiti".
Ovviamente stava eccitando anche Dan,
perché aveva un'evidente erezione nei
pantaloni.

"Perché Dan, c'è qualcosa per cui hai
bisogno di aiuto?" gli chiese Sandra
mentre si sistemava. Allungò una mano e
gli accarezzò il cazzo attraverso i
pantaloni.

"Gradirei un po' di aiuto."

"Allora faresti meglio ad alzarti," gli
disse. Dan si è alzato e Sandra mi ha
detto di slacciargli i pantaloni e tirargli
fuori il cazzo, ma di non toccarlo. Gli
slacciai la cintura e poi il bottone e la
patta dei suoi jeans che scivolarono a

terra. Aveva gambe fantastiche e doveva essere un ciclista perché erano prive di peli. Il suo cazzo sporgeva contro i suoi boxer, che tirai fuori, attento a manovrarli senza intrappolare o toccare il suo cazzo. Era lungo, spesso e molto impressionante. Volevo allungare la mano e tenerlo , ma sapevo che ciò avrebbe significato più guai di quanto potessi immaginare.

Dan si sedette sul divano e Sandra si chinò e cominciò a leccare lungo il cazzo di Dan. Ho guardato la sua lingua danzare dolcemente lungo le vene e arricciarsi intorno alla testa. Dan gemette.

"Puoi giocare con le sue tette Dan e puoi toccarle il tumulo, ma non toccare o penetrare le sue labbra," gli disse Sandra prima di prendere bene il suo cazzo in bocca. Lo fece scivolare dolcemente su e giù per la sua lunghezza.

Dan ha allungato la mano e mi ha tirato più vicino a sé per il mio capezzolo destro. Le dita dell'altra mano danzarono sulla pelle liscia del mio tumulo, pericolosamente vicine alle mie labbra, ma senza toccarle. Poi mi ha tirato di nuovo i capezzoli. Difficile. Faceva male, ha tirato così forte che ero sicuro che li stesse ferendo, ma non ho gridato, sono rimasto lì e ho sopportato il dolore, concentrandomi su Sandra con un cazzo che le scivolava dentro e fuori dalla bocca.

Si fermò e si tolse il top sopra la testa prima di rilasciare il reggiseno, i suoi enormi seni si riversarono deliziosamente liberi. Afferrò il cazzo di Dan e lo posizionò tra i suoi seni, usando le mani per intrappolarlo tra le sue mammelle . Poi ha gocciolato lo sputo dalla sua bocca sulla parte superiore del suo cazzo e ha iniziato a far scivolare i suoi seni su e giù per il suo cazzo, su entrambi i lati.

Dan ha smesso di prestarmi attenzione e ha guardato mentre Sandra gli scopava il cazzo con le tette. Poi iniziò a farsi strada lungo il suo corpo con la lingua finché non fu sdraiata su di lui con i seni schiacciati contro il suo petto e le gambe divaricate su entrambi i lati di lui. Dan le tirò la gonna finché non le fu ammucchiata intorno alla vita. Poi le afferrò i collant e li strappò. Sandra non indossava mutandine sotto le calze.

Sandra si sporse in avanti e Dan afferrò il suo cazzo, puntandolo contro la sua figa. Lei spinse indietro e scivolò lungo il suo palo, incorporandolo dentro di sé. Rimasi accanto a loro mentre Sandra cavalcava su e giù sul suo cazzo duro, aspettando e chiedendomi cosa avrei potuto fare. Sandra deve avermi letto nel pensiero.

"Vieni qui" mi disse e appena fui abbastanza vicino prese in bocca un capezzolo, succhiandolo avidamente mentre saltellava su e giù. Poi Dan stava spingendo indietro Sandra finché non si erano scambiati di posizione e lui si teneva sopra di lei, spingendo il suo cazzo dentro di lei in una posizione da missionario, le sue palle schiaffeggiavano contro di lei ad ogni spinta verso l'interno.

L'ho sentito grugnire e l'ho visto tenersi dentro, ovviamente sparando il suo sperma dentro di lei, prima di tirare fuori il suo cazzo.

"Grazie Sandra, è stato meraviglioso come sempre", le disse.

"Puliscilo Erika, usa la bocca," disse Sandra, guardandomi. Mi sono inginocchiato e Dan si è seduto con le gambe divaricate sul divano, il suo cazzo non del tutto esaurito, luccicante dei loro succhi combinati. Ho usato la mia bocca, succhiando e leccando il suo cazzo, pulendolo dal loro piacere. Mentre lo facevo, si alzò di nuovo in uno stato completamente eretto e mi divertii ad avere un cazzo così grande da succhiare.

"Fermati Erika, è pulito. Devi pulirmi ora. E questa volta non fermarti finché non vengo." Sandra me l'ha detto. Mi sono spostato tra le sue gambe e lei è scivolata in avanti fino a quando il suo sedere era appeso al bordo, le gambe divaricate per me.

Ho ammirato la sua figa e ho applicato delicatamente la mia lingua sulle sue labbra, leccandole e pulendole. Poi ho visto lo sperma trasudare dalle sue labbra e giù verso il suo ano. L'ho inseguito con la lingua, dovendo leccare tutt'intorno e sopra il suo buco increspato per soddisfare le esigenze del compito che mi era stato assegnato. Sandra gemette forte quando la mia lingua danzò sul suo ano.

Ho sondato tra le sue labbra, leccandole, succhiandole, pulendole via lo sperma e poi mi sono spostata verso la sua clitoride. Ho fatto scorrere la lingua sulla parte superiore e poi di nuovo giù prima di girarla intorno e intorno. Potevo vedere Dan che accarezzava il suo cazzo con la coda dell'occhio mentre mi guardava esibirmi sulla mia padrona.

Mi sono sistemato in un ritmo e sono stato ricompensato quando ho sentito Sandra gridare e il suo corpo ha avuto uno spasmo per il suo orgasmo.

Quando si fu ripresa mi disse che ora potevo tornare all'angolo. Ero profondamente consapevole di quanto fosse bagnata la mia figa mentre tornavo indietro attraverso la stanza. Dan e Sandra si sono seduti e hanno chiacchierato ancora un po', nessuno dei due vedendo che valeva la pena preoccuparsi di rimettere a posto i loro vestiti.

"È certamente un delizioso giovane giocattolo", ha detto Dan a un certo punto. "Qualche possibilità che io possa venirle in bocca?"

"Ho un'altra idea. È stata molto brava e merita una ricompensa. Non così bene, intendiamoci," aggiunse Sandra quando vide i suoi occhi illuminarsi. "Vieni con me Erika," disse. Ho seguito Sandra in camera da letto dove mi stava aspettando con un pezzo di corda. Mi ha fatto tenere le braccia lungo i fianchi e mi ha legato la corda intorno all'altezza del gomito in modo che potessi muovere la parte inferiore, ma non la parte superiore delle braccia. Era abbastanza lungo da poterlo avvolgere intorno e intorno al mio petto, legandomi completamente la parte superiore delle braccia, lasciando abbastanza lunghezza da potermi guidare.

E lo fece, tornando nel salotto dove Dan stava aspettando, con molti altri pezzi di corda drappeggiati sull'altro braccio.

"Ora questo sembra promettente", ha detto Dan mentre ci guardava avvicinarsi.

"Inginocchiati Erika", mi ha detto Sandra. Mi sono inginocchiato e ho sentito Sandra passare un altro pezzo di corda intorno alla parte posteriore delle mie gambe. "Ora siediti sui talloni e poi piegati in avanti per appoggiare la testa sul pavimento in modo che le ginocchia siano contro il petto." L'ho fatto. Il pezzo di corda che ora era intrappolato dietro le mie ginocchia dalle mie gambe piegate è stato portato sopra la parte posteriore del mio collo e poi legato davanti ad esso. Sandra mi aggiusta leggermente.

Alla fine avevo gli avambracci e la parte inferiore delle gambe a terra, piegati in modo da non potermi muovere, il sedere in fuori dietro di me. Non era comodo e speravo che potesse significare solo che Sandra avrebbe lasciato che Dan mi fottesse e mi avrebbe dato un po' di sollievo.

Sono stato quasi così fortunato.

"Questo lo conservo per me," sentii Sandra dire da dietro di me mentre un dito scorreva molto lentamente sul mio labbro esterno sinistro della fica. Rabbrividii al tocco. "Ma penso che sia ora che questo giocattolo venga usato un po'. Dopotutto, i giocattoli devono essere usati per giocare, non lasciati sullo scaffale nel loro involucro. E quindi

ti lascerò scopare il suo Dan, proprio
qui."

Ho sentito il suo dito appoggiarsi
leggermente proprio al centro del mio
ano.

"Ora c'è un regalo che sarò felice di
accettare", rispose Dan.

"Lascia che te la prepari," disse Sandra.
Uscì dalla stanza e tornò. La prima cosa
che sentii fu la sua lingua, che leccava
leggermente attorno al mio ano. Era
selvaggio. Volevo rispondere, ma ero
troppo vincolato per farlo. Poi ho sentito
qualcosa di fresco correre sul mio
sedere.

Sandra ha iniziato a massaggiarlo nel
mio ano. Deve essere lubrificante, ho
pensato tra me e me. Ha spinto il mio
ano senza penetrare, facendo scorrere il

dito o il pollice avanti e indietro attraverso l'ingresso per un po' fino al punto in cui ha trafitto il dito dentro di me. Rimasi senza fiato quando lei lo fece scivolare con fermezza oltre la resistenza dell'anello del mio muscolo.

Lo fece scivolare dentro e fuori un paio di volte prima di applicare altro lubrificante e spingere un secondo dito dentro con il primo. sussultai.

"Ok Dan, pensi di farcela?" chiese ridendo.

" Oh, sono sicuro di poterlo fare", rispose. Ho sentito la testa del suo grosso cazzo appoggiata contro il mio ano. La pressione aumentò lentamente finché riuscii a sentirlo allentarsi dentro di me. Mi mordo il labbro per soffocare ogni rumore che potrei fare mentre lentamente ma con fermezza si fa strada dentro di me. Non riuscivo a credere quanto fosse grande. Volevo avere tempo per adattarmi, per prepararmi a quello che stava arrivando, ma non mi è stato permesso. Ha spinto dentro senza sosta e non ho avuto altra scelta che lasciarlo. E poi si è fermato. Ha tenuto il suo cazzo così lontano dentro di me che ho pensato che doveva essere pronto a toccarmi le tonsille. E poi è tornato indietro. È stato stupefacente.

Spinse di nuovo; scivolando di nuovo dentro e ho sentito Sandra gocciolare lubrificante su di noi mentre ci fondevamo di nuovo insieme. È gocciolato oltre il suo cazzo e il mio ano fino alla mia figa e ho sofferto per averlo toccato. Dan ha iniziato a fottermi il culo ora e mentre mi adattavo mi sono davvero divertito, dondolando leggermente per incoraggiare la sua invasione del mio sedere.

Volevo che il mio clitoride fosse toccato. ero in fiamme. Sapevo che sarebbe

bastato un minimo tocco per farmi
venire come non avevo mai fatto prima,
ma non c'era niente che potessi fare per
ottenerlo. E poi è arrivato Dan,
inondandomi il sedere con il suo seme.

"Grazie mille Sandra," si offrì prima di
dirigersi verso il bagno.

""Lascia che ti pulisca, Erika", disse
Sandra in sua assenza. Sentii la sua
lingua leccare la fessura della mia figa
fino al mio ano dove leccò e succhiò
finché non rimase più sperma.

"Bene, Sandra, devo andare," disse Dan,
tornando dal bagno. "Grazie per una
visita così deliziosa."

"Quando vuoi, Dan, sono felice che tu sia
passato", rispose lei. Lo accompagnò alla
porta. Mi ha fatto rotolare su un fianco,

ancora legato e poi si è seduta a
guardare la TV.

Mi sono sdraiato sul pavimento, appena
in grado di vedere la TV, di fronte a
Sandra. Non riuscivo a girare la testa
abbastanza lontano da vederla davvero .
Era inevitabile che accadesse e
nonostante sperassi diversamente,
avevo bisogno di fare pipì.

"Per favore padrona, devo andare in
bagno," dissi, non aspettandomi di
essere autorizzata, ma dovendo chiedere
per ogni evenienza.

"Beh, sto guardando la TV e non ho
tempo per slegarti, quindi puoi resistere
fino alla fine dello spettacolo o
semplicemente rilassarti. Ho provato a
resistere, ma senza successo, alla fine,
prima della fine dello spettacolo, non ho
avuto altra scelta che lasciar andare la
mia pipì.

Quando ebbi finito ero sdraiato nella mia pipì sul pavimento e fui sorpreso quando sentii che Sandra si era mossa verso di me. Ho sentito la sua mano accarezzarmi l'anca e scivolare sulla mia natica per toccare la mia figa bagnata di pipì con le sue dita. Li fece scorrere avanti e indietro lungo la mia fessura e presto l'umidità che mi ricopriva cambiò. Un dito ha sondato il mio ano e ha lavorato lentamente all'interno e poi, con mia completa sorpresa, uno è scivolato nella mia figa.

Gemetti, era il primo contatto diretto che aveva avuto con la mia figa e all'improvviso mi resi conto di quanto l'avessi desiderato. Poi Sandra stava allentando le corde che mi legavano.

"Vieni con me, è ora che ci divertiamo un po' di più." Scartando l'ultimo dei cavi mi alzai lentamente dal pavimento, massaggiando il mio corpo dove erano stati fissati. Ero in quella posizione da circa un'ora e sono inciampato un po' al primo passo. Sandra mi condusse in bagno e aprì la doccia.

Sandra fece scorrere la mano su e giù per il lato del mio corpo che giaceva nella mia urina. La sua mano bagnata mi prese il seno e poi abbassò la testa sul mio capezzolo e lo succhiò. Poi aprì la zanzariera della nicchia della doccia ed entrò, facendomi cenno di seguirla.

"Inginocchiati laggiù Erika," disse, indicando il pavimento di fronte a lei. Mi inginocchiai sul pavimento, la mia faccia all'altezza della sua figa, gli occhi rivolti verso l'alto, meravigliandomi della parte inferiore dei suoi seni pendenti. L' acqua schizzava contro la schiena di Sandra e io riuscivo solo a prendere qualche ruscello occasionale mentre si muoveva.

Sandra si portò le mani alla figa e allargò le labbra davanti a me, poi si appoggiò leggermente all'indietro. Parte dell'acqua ora cadeva sulle sue spalle verso di me mentre un po' scendeva tra i suoi seni fino alla sua figa. Mentre guardavo, i miei occhi osservavano la sua bellezza e memorizzavano la vista, iniziò a fare pipì. Un getto di piscio caldo uscì dalla sua figa e mi colpì sul collo. Sandra si sporse di nuovo in avanti, guardandola mentre mi pisciava sulle tette.

"Apri la bocca Erika, bevi la mia pipì." Rimasi seduto a guardarla, senza muovermi. "Erika, quella non era una richiesta, era un ordine. Bevi la mia pipì." Il flusso si era fermato ora, Sandra ovviamente si tratteneva per un segno della mia disponibilità a soddisfare la sua richiesta. Allungò una mano e mi afferrò i capelli, inclinandomi la testa all'indietro e calpestandomi in modo che

la sua fica fosse solo a un centimetro
dalla mia bocca.

"Non complicare la cosa, giocattolo.
Ovviamente non sei pronto per il piacere
che stavo per permetterti di avere." Ho
sentito la sua pipì colpire le mie labbra e
tenerle premute insieme mentre le
inondava e scendeva lungo il collo e il
petto. Quando ebbe finito, si allontanò da
me e poi uscì dalla doccia. Rientrò e
chiuse l'acqua.

Non mi sono mosso perché sentivo che
l'umore era cambiato. Sandra si asciugò
lentamente e poi uscì dalla stanza.
Quando tornò aveva i pezzi di corda del
soggiorno. Erano notevolmente umidi.
Sandra ne prese uno e me lo mise al
collo prima di dirmi di seguirla. Non era
stretto e ho anche notato che non era
affatto un nodo scorsoio, sembrava
semplicemente definire di nuovo la
relazione tra noi. Padrone e servo.

Tornato in camera da letto, Sandra mi ha detto di mettermi a pecorina. Feci come mi era stato detto e lei andò al suo armadio. Dopo aver frugato dentro per un po', è tornata con un enorme dildo nero e un tubetto di lubrificante. Ha iniziato rapidamente a lubrificare il mio ano con un numero di dita ora spinte dentro di me. Poi si è spostata davanti a me e ha fatto gocciolare del lubrificante sull'enorme pezzo di gomma che aveva in mano, proprio davanti ai miei occhi. Non avevo idea di come avrebbe dovuto adattarsi al mio buco del culo.

Ho scoperto presto però che lentamente ma con fermezza l'ha spinto contro il mio buco increspato. Potevo sentirmi allungare, più di quanto non mi fosse mai stato fatto prima. Ero sicuro che mi avrebbe strappato l'ano, ma sapeva cosa stava facendo. Le ci sono voluti 15 minuti per essere soddisfatta di quanto di quel mostro aveva nel mio sedere e poi si è fermata. Ho tirato un sospiro di sollievo quando ha smesso di spingerlo più a fondo. Ero sulle mani e sulle ginocchia e potevo sentirlo ricominciare a scivolare via mentre lei lasciava la presa su di esso. Questo è stato rapidamente interrotto quando Sandra ha legato una corda attorno ad esso e poi attorno a una gamba, all'altra e anche al mio collo.

Mettendomi su un fianco, le mie mani erano legate alla gamba del letto e le mie caviglie legate insieme.

"Giocattolo della buonanotte", disse Sandra.

"Buonanotte padrona," risposi piano. Quella notte non ho davvero dormito. Semplicemente non mi sentivo abbastanza a mio agio. Ogni tanto sonnecchiavo, ma questo era tutto. E quando avevo bisogno di fare pipì nel cuore della notte, non ho fatto altro che fare pipì dove giacevo.

Quando Sandra si svegliò, andò dritta al suo armadio e tirò fuori una frusta di cuoio. Mi ha riportato in posizione pecorina e poi ha fatto oscillare la frusta contro il mio sedere.

Zas!. Sussultai, sentendo la puntura del cuoio.

"Penso che dopo questo potresti veramente capire il mio bisogno di completa obbedienza", fu l'unica cosa che mi disse prima che la frusta mi colpisse ancora e ancora la schiena e il sedere. Nessuna pelle era rotta, ma bruciava e sapevo che ci sarebbero stati molti segni rossi se fossi riuscito a vedermi allo specchio.

Dopo un po' fui di nuovo lasciato e non mi mossi. Quando Sandra tornò aveva una sedia. Me lo mise davanti e poi uscì di nuovo dalla stanza. Questa volta quando è tornata aveva due ciotole di cereali. Ne mise uno a terra davanti a me e si sedette sulla sedia con l'altro.

"Mangia", fu tutto ciò che disse. Feci per sollevare la ciotola con le mani ma mi fermai quando lei aggiunse: "Niente mani". Ho abbassato la faccia sulla ciotola e ho mangiato i cereali come un cane mentre lei sedeva davanti a me, nuda, mangiando la sua colazione. Quando ebbi mangiato quanto più potevo dalla scodella, mi sedetti sui talloni, aspettando, il grosso dildo ancora sepolto nel mio culo e sporgente tra i miei piedi. Sono stato attento a non forzarlo ulteriormente. Sandra finì la sua colazione e si alzò, muovendosi verso di me.

Si fermò di nuovo su di me, la sua figa a un centimetro dalla mia bocca.

"Apri la bocca Erika," disse con calma. Ho esitato. Mi afferrò i capelli tirandoli. Sembrava che me lo strappasse dal cuoio capelluto. Ho aperto la bocca. Sandra ha cominciato a pisciarmi in bocca. L'ho lasciato riempire , senza deglutire e poi la mia bocca è traboccata e la sua pipì mi è scesa sul collo e sul seno. Sembrava fare pipì per sempre e mi chiedevo quanta acqua avesse bevuto in preparazione per quella mattina. Deve essere stato molto.

Quando ha finito, mi ha lasciato andare i capelli e io ho lasciato che l'ultima pipì mi uscisse dalla bocca.

"Vedi, questo è quello che fa un buon giocattolo." Si chinò e mi baciò, immergendo la lingua nella mia bocca fradicia di piscio , poi mi leccò il viso. Ha slegato le corde che mi legavano e finalmente l'enorme giocattolo è stato rimosso dal mio ano.

"Sali sul letto Erika." Mi sono arrampicato sul letto e mi sono sdraiato sulla schiena. Sandra si è spostata sopra di me, i suoi seni penzolavano sotto di lei e si trascinavano sulla mia carne. Rabbrividii quando un capezzolo sfiorò il mio tumulo liscio e poi sopra il mio stomaco. Li schiacciò contro i miei piccoli seni e poi mi baciò, strofinandosi contro la mia coscia.

Ricambiai il bacio appassionatamente e lasciai che le mie mani si avventurassero sui suoi fianchi e poi sulle natiche , chiedendomi se ci fosse una linea che non avrei dovuto oltrepassare e quale sarebbe stata. Ma a Sandra non sembrava importare adesso. Si è seduta sopra di me e poi è scivolata in avanti fino a premere la figa contro il mio viso. L'ho mangiata, usando la mia lingua per leccare e accarezzare il suo clitoride, stringendo tutta la mia bocca contro di lei e sondando dentro con la mia lingua. Sandra si stava stringendo contro di me e non passò molto tempo prima che venisse.

Poi Sandra ha ricominciato a farsi strada lungo il mio corpo, questa volta baciando e succhiando e mordendo con le sue labbra, lingua e denti mentre viaggiava lungo la mia carne. Quando ha raggiunto la mia figa ho pensato che sarei esplosa all'istante. La carezza della sua lingua sul mio clitoride mi ha fatto reagire.

Ero così eccitato dalla settimana di privazione e casualità che ho pensato che sarei andato via all'istante. Ma Sandra era ovviamente molto esperta e sapeva cosa stava facendo. Mi stuzzicava quasi fino all'orgasmo e poi indietreggiava, mordicchiandomi e baciandomi l'interno coscia, o usando le dita per tirarmi i capezzoli. Poi aggrediva di nuovo la mia figa finché non ero quasi arrivato. Mi ha spinto le ginocchia verso il petto e ha spinto la lingua in profondità dentro di me, poi mi ha leccato fino all'ano e ha ripetuto la sua azione lì.

Alla fine mi ha dato il rilascio, prendendo la mia clitoride tra le labbra, l'ha tirata e succhiata. Ho urlato quando il mio orgasmo mi ha lacerato, le mie gambe tremavano e si agitavano per la forza di esso. Mi sono sentito schizzare fluido mentre venivo, la prima volta in assoluto. Sandra ha leccato la mia figa, pulendola e adorandola.

Dopo che mi sono ripreso, mi ha trascinato sotto la doccia dove ci siamo ripuliti, toccando e accarezzando. Era strano che questa donna che era la mia amante fosse improvvisamente così sensibile con i suoi tocchi. Era come se mi avessi spezzato, il gioco fosse finito.

Più tardi quel giorno ho salutato Sandra
e me ne sono andato. Spesso mi chiedo
se dovrei andare a trovarla e chi potrei
trovare legato per terra se lo facessi.

Un giorno lo farò.

FINE